AF245542

Pongámonos en marcha
EL PARQUE DE AGUA
Katherine Balcom
SPANISH & ENGLISH eBOOKS
AV² BY WEIGL
ADDED VALUE • AUDIO VISUAL
www.av2books.com

Visita nuestro sitio **www.av2books.com** e ingresa el código único del libro.
Go to www.av2books.com, and enter this book's unique code.

CÓDIGO DEL LIBRO
BOOK CODE

D 5 7 8 8 9 6

AV² de Weigl te ofrece enriquecidos libros electrónicos que favorecen el aprendizaje activo. AV² by Weigl brings you media enhanced books that support active learning.

El enriquecido libro electrónico AV² te ofrece una experiencia bilingüe completa entre el inglés y el español para aprender el vocabulario de los dos idiomas.

This AV² media enhanced book gives you a fully bilingual experience between English and Spanish to learn the vocabulary of both languages.

Spanish

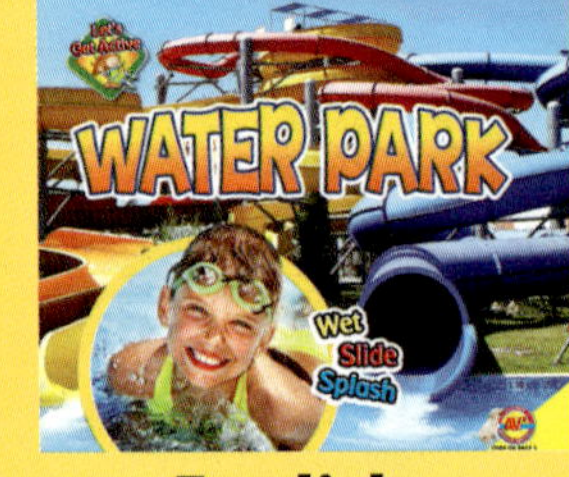
English

Navegación bilingüe AV²
AV² Bilingual Navigation

CERRAR
CLOSE

INICIO
HOME

CHANGE LANGUAGE
ENGLISH SPANISH
OPCIÓN DE IDIOMA
LANGUAGE TOGGLE

BACK NEXT
CAMBIAR LA PÁGINA
PAGE TURNING

VISTA PRELIMINAR
PAGE PREVIEW

El parque de agua

ÍNDICE

Voy al parque de agua a nadar, mojarme y deslizarme por los toboganes.

Los parques de agua son lugares divertidos para hacer actividades.

Voy al parque de agua con
mi familia en vacaciones.
Hay muchos juegos de agua.

El primer parque de agua de Estados Unidos se inauguró hace casi 40 años.

Cuando llegamos, me
pongo mis gafas y mi
traje de baño.

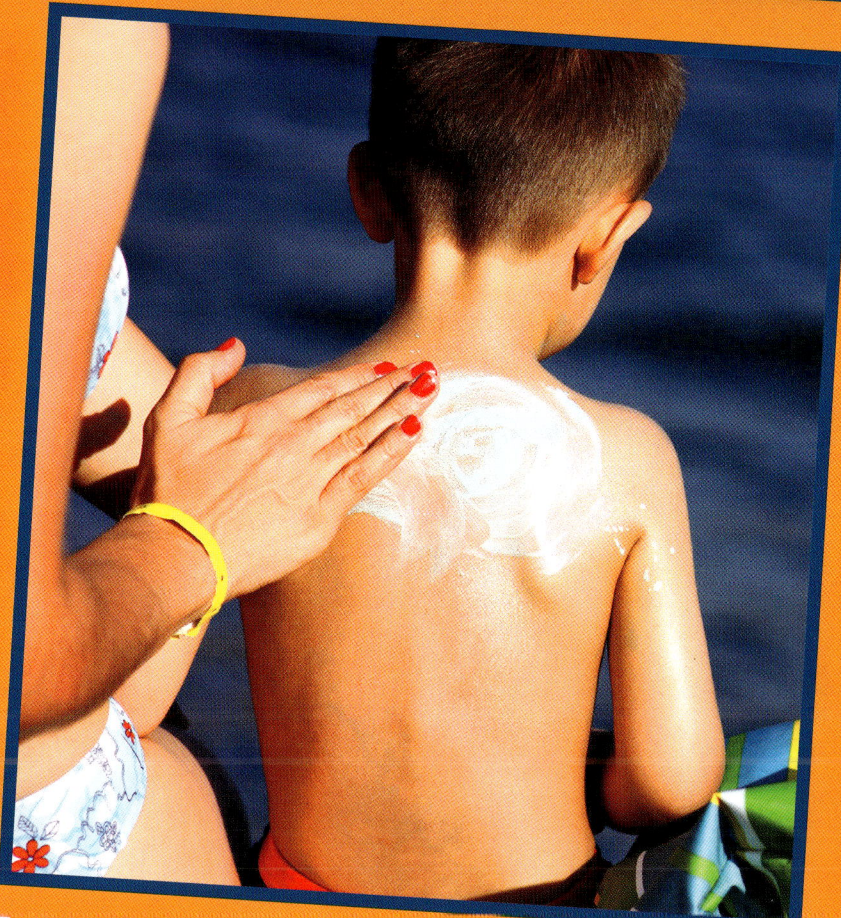

No debemos olvidarnos de ponernos protector solar.

El juego más divertido es el tobogán de agua.
10

Hay muchos tipos de toboganes de agua.

11

Debo tener buen equilibrio cuando voy a la piscina de olas.

Hay olas
enormes que
me salpican.

13

Cuando voy flotando por el río manso, puedo ver todo el parque de agua.

Cuando voy a ese juego, me siento en un flotador grande.

Hay una enorme piscina donde puedo jugar.

Me gusta jugar
Marco Polo y
voleibol acuático
con mis amigos.

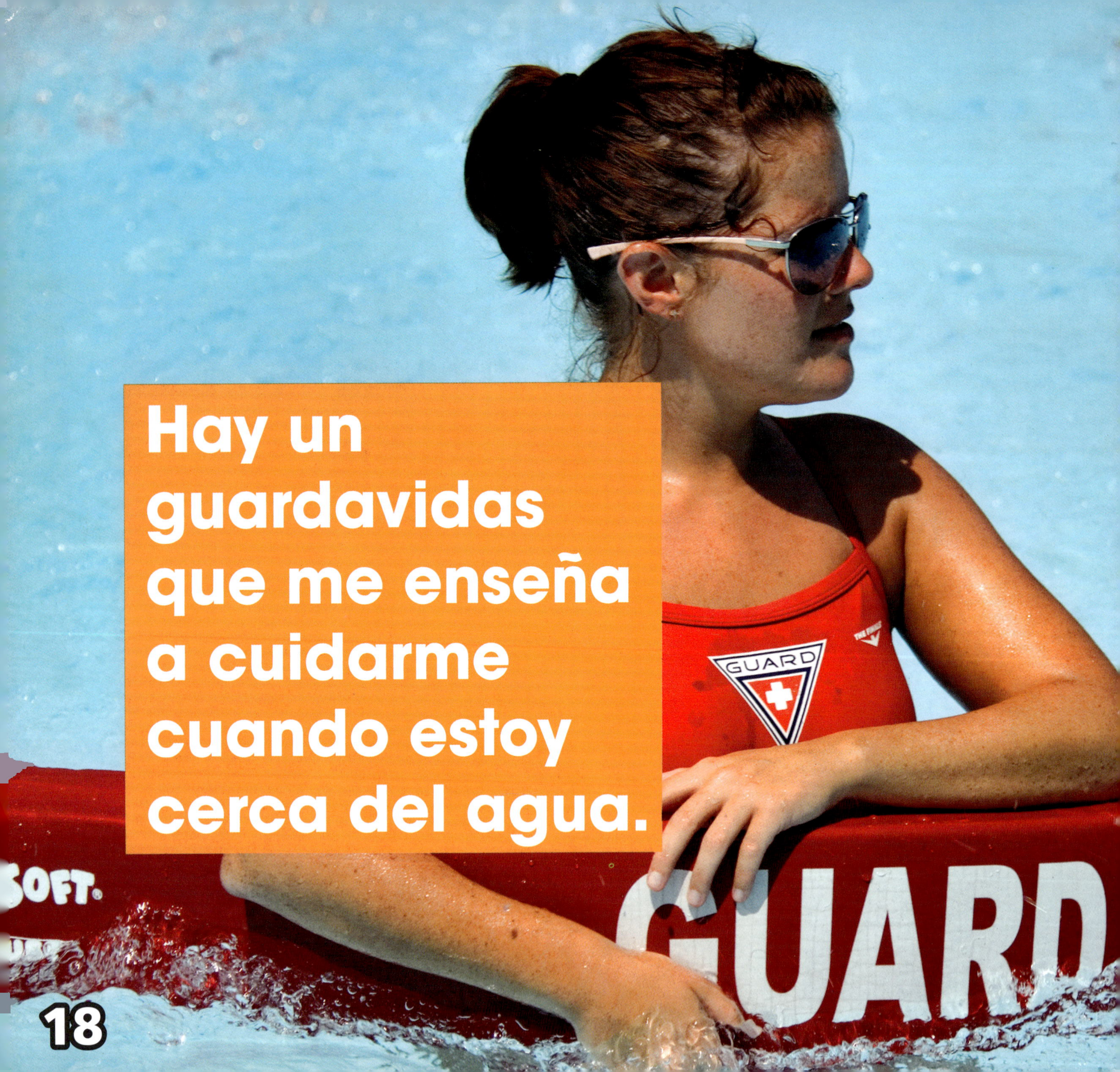
Hay un guardavidas que me enseña a cuidarme cuando estoy cerca del agua.

En el parque de agua, hay varias reglas importantes que debemos cumplir.

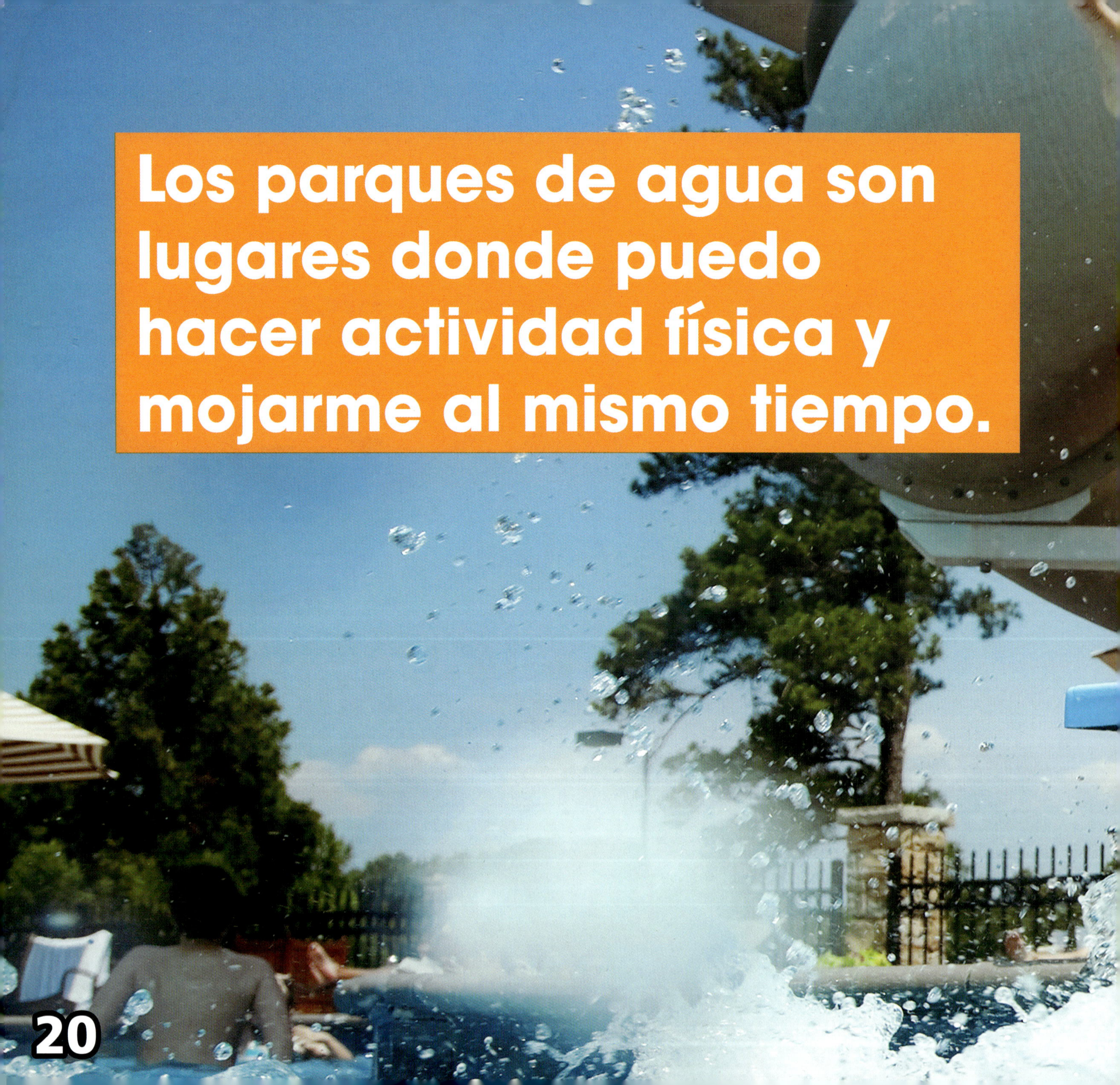

Los parques de agua son lugares donde puedo hacer actividad física y mojarme al mismo tiempo.
20

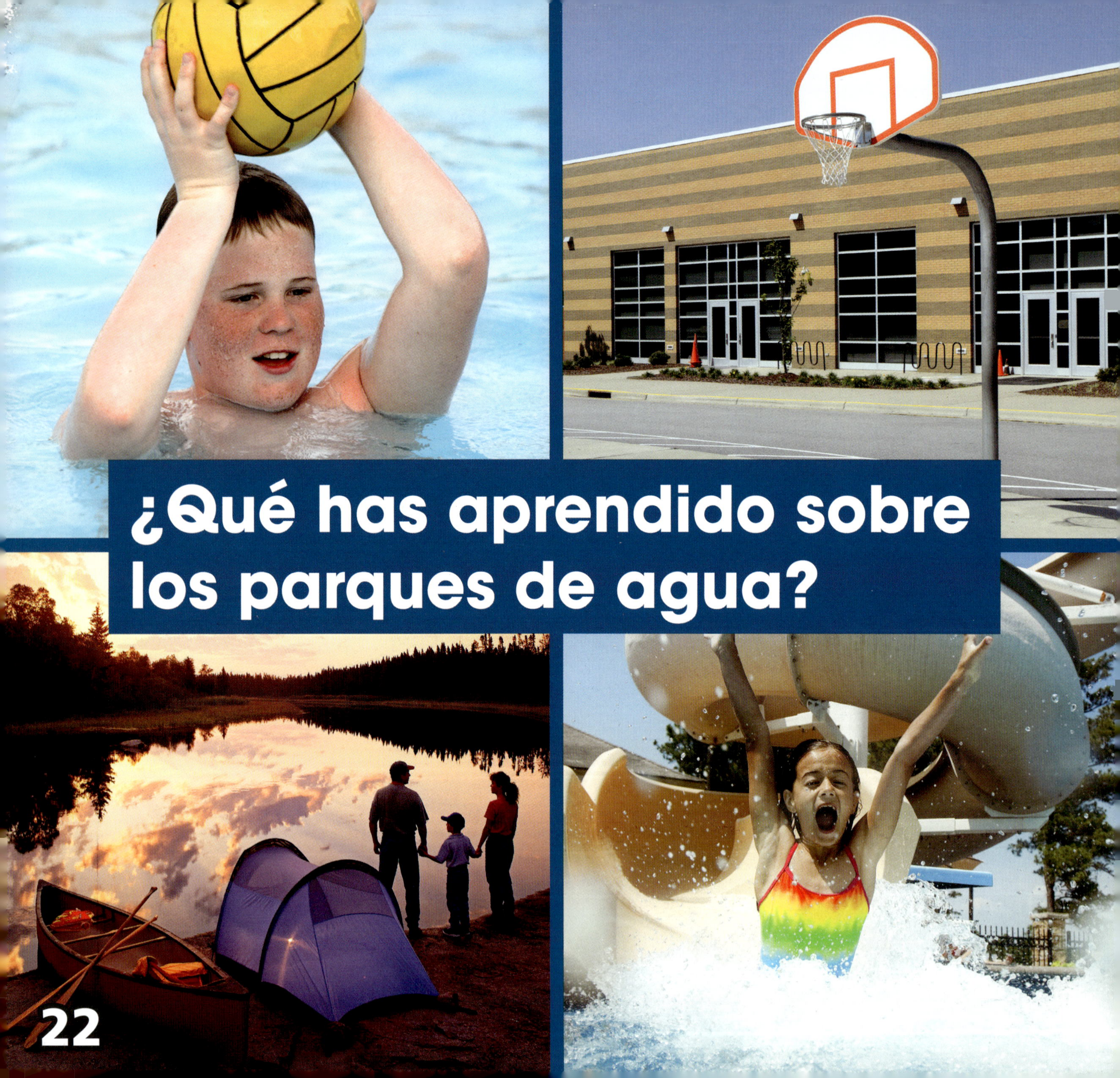

¿Qué has aprendido sobre los parques de agua?

¿Cuál de estas imágenes
muestra un parque de agua?

Published by AV² by Weigl
350 5th Avenue, 59th Floor New York, NY 10118
Website: www.av2books.com   www.weigl.com

Copyright ©2016 AV² by Weigl
All rights reserved. No part of this publication may be reproduced, stored in a retrieval system, or transmitted in any form or by any means, electronic, mechanical, photocopying, recording, or otherwise, without the prior written permission of the publisher.

Library of Congress Control Number: 2014950009

ISBN 978-1-4896-2805-3 (hardcover)
ISBN 978-1-4896-2806-0 (single-user eBook)
ISBN 978-1-4896-2807-7 (multi-user eBook)

Printed in the United States of America in North Mankato, Minnesota
1 2 3 4 5 6 7 8 9 0 18 17 16 15 14

112014
WEP020914

Project Coordinator: Jared Siemens
Spanish Editor: Translation Cloud LLC
Designer: Petr Stroner

Weigl acknowledges Getty Images as the primary image supplier for this title.